世界中から集めた人生の名言

晴山陽一

これこそ、この本のすべての名言の中でも、最も「響く言葉」だと思います。20代でこの句の意味を味わうには、無理があるかもしれません。

若いときに出会った言葉の意味を、50代になってはじめて知る、などということがよく起こります。これこそ、まさに人生の妙味と言えるでしょう。

この本は、選りすぐりの名言を集めたという意味では、あらゆる年齢層の人を対象としていますが、特に人生の後半にさしかかり、酸いも甘いも知った上で、もうひと華、ふた華、咲かせようと思っている〝人生のベテラン〟を意識してつくりました。

なお、ここに選んだ名句の多くは、元は英語で書かれたものなので、参考までに英文も載せてあります。たとえば、先ほどの「若いときは学ぶ。年を取ると理解する」は、In youth we learn; in age we understand.ですね。英語のほうが心に残るという方は、こちらもあわせて味読してください。

この本が、あなたの人生に、一層の深みと奥ゆきを与えることを心より願っています。

「刺さる言葉」より「響く言葉」を

ここに新しい名言集を編むにあたって、私が目指したのが、まさにこれです。
すなわち、「刺さる言葉」よりも「響く言葉」を集めること。
「刺さる言葉」は、一瞬で心をとらえ、強いインパクトを与えます。しかし、時とともに次第にその衝撃は薄れ、やがて忘却の淵に消えていきます。
これに対し、「響く言葉」は、じんわりと心をつかみ、時間が経つにつれ、その深い意味が心に沁みわたっていきます。
若い人は一過性の「刺さる言葉」に目を奪われがちですが、人生経験を積むと、むしろ「響く言葉」への共感が深まります。
たとえば、本書の26ページに、次の言葉が出てきます。

若いときは学ぶ。年を取ると理解する。

世界中から集めた人生の名言

年齢を重ねることについて　083

幸福について　065

人生について　047

人間について　029

お金について　007

愛と友情について	099
会話について	115
働くことについて	135
創造力について	157
時間について	175
知識と教養について	191

年齢を重ねることについて

人生とは何か完全に理解できなくても、
人生を心ゆくまで楽しむことはできる。

アーニー・J・ゼリンスキー（カナダの作家　1949 –　）

You don't have to understand life to fully enjoy it.
<Ernie J. Zelinski>

◆「仕事と自由時間をクリエイティブにする方法」のコンサルタントとして知られるゼリンスキーならではの名言。
◆ 人生の解を求めてさまよっているうちに、人生は時間切れになるから注意が必要だ。

日々の小さなことを楽しみなさい。
ある日ふと振り返ったときに、
小さなことこそ
実は大きな楽しみだったと気づくだろうから。

カート・ヴォネガット（米国の作家　1922-2007）

― 年齢を重ねることについて ―

Enjoy the little things in life because one day you'll look back and realize they were the big things.

<Kurt Vonnegut>

◆問題は、「小さいことの価値に気づく」のは、決まってあとで振り返ったときだということだろう。

年を取ることでいいのは、バラの匂いを楽しむ機会が増えることね。

ヘレン・ヘイズ(米国の女優 1900-93)

One positive advantage to age for me is that I have more time to smell the roses.

<Helen Hayes>

◆ このヘイズの言葉は素晴らしい。バラの匂いをかぎながら、「もうこんな機会は多くない」と嘆く老人のほうが多かろうに……。
◆ ヘレン・ヘイズは1993年に93歳で亡くなった米国一お茶目な女優。アガサ・クリスティ原作『ミス・マープル』のテレビドラマに出演していた。映画『大空港』(1970年)でも、お茶目ぶりを発揮している。

年を取ったから遊ばなくなるのではありません。遊ばなくなるから年を取るのです。

ヘレン・ヘイズ（米国の女優 1900–93）

― 年齢を重ねることについて ―

We do not stop playing because we are old. We grow old because we stop playing.

<Helen Hayes>

◆ヘイズの名言をもうひとつ。「人生でいちばん辛いのは、10歳から70歳までの間ね」(The hardest years in life are those between ten and seventy.)。これは、彼女が83歳のときに吐いた名句だという。

ほかのことは
どんなにわれわれを変えたとしても、
われわれの人生が家族ではじまり、
家族で終わることに変わりはない。

アンソニー・ブラント（英国の美術史家　1907-83）

Other things may change us, but we start and end with family.

<Anthony Brandt>

- ◆「友達は変えられるが、家族や親族は変えられない」と言った人もいる。
- ◆ アンソニー・ブラントは、エリザベス女王の美術顧問も務めた人物。
- ◆ 家族の愛は、消えることなく続く。マドンナは、こう言っている。「愛されることで若さが保たれる」(Being loved keeps you young.)。仲良し家族が長生きの秘訣である。

カレンダーのどの日も「明日」ほど重要ではない。

ロイ・W・ハワード（米国の新聞記者　1883-1964）

No date on the calendar is as important as tomorrow.
　　　　　　　　　　　　　　　　　　　　　　<Roy W. Howard>

◆ カレンダーには「日曜日」から「土曜日」まで並んでいるが、その中でいちばん大事な日は「明日」という日だ、というのである。
◆ 本田圭佑さんが、こんなことを言っている。良いアイデアが浮かばない、仕事がうまくいかないようなときは、寝るのがいちばんである、と。寝れば必ずフレッシュな明日という日がやってくる。

― 年齢を重ねることについて ―

生きられる時間は限られている。
だから、他人の人生を生きることで
君の人生を空費してはならない。

スティーヴ・ジョブズ(米国の実業家、アップルコンピュータ創業者 1955-2011)

Your time might be limited, so don't waste it living someone else's ife.

<Steve Jobs>

◆ 言うまでもなく、ビル・ゲイツと並ぶIT界の巨人である。この言葉は、2005年にスタンフォード大学の卒業式で行った伝説的なスピーチの一部。
◆ ジョブズは2011年10月5日、世界中の人々にその早い死を惜しまれながらこの世を去った。

人生をリハーサルだと思って生きている人もいるけれど、残念ながらリハーサルなんかじゃない。本番なんだよね。

ジョニー・デップ（米国の俳優　1963−）

There are those who live their lives like it is a rehearsal for something. Unfortunately, it's not. It's a real show.
<Johnny Depp>

◆『パイレーツ・オブ・カリビアン』で一躍世界的な人気者になったジョニー・デップの言葉。「自分にはリハーサルと本番の境界線はない」と語り、つねに全力で演技する姿勢を崩さない彼らしい言葉だ。映画もまた、人生の一部ということか。

時はゆっくりと過ぎ、すみやかに去っていく。

アリス・ウォーカー（米国の作家　1944−）

Time moves slowly, but passes quickly.

<Alice Walker>

- ◆ 何もしない日はゆっくり過ぎるが、不思議なことに、あっという間に1か月が飛び去ってしまう。
- ◆ ジョージア州生まれの黒人作家、アリス・ウォーカーの代表作『カラー・パープル』の中の言葉。この作品はピューリッツァー賞をはじめ多くの賞を独占し、のちにスピルバーグ監督によって映画化された。

人生は後ろ向きにしか理解できないが、前向きにしか生きられない。

セーレン・キルケゴール（デンマークの哲学者　1813-55）

― 年齢を重ねることについて ―

◇◇◇

Life can only be understood backwards; but it must be lived forwards.

<Søren Kierkegaard>

◆「主体性」という概念の発見者、キルケゴールにふさわしい言葉である。実際には過去を向いて生きる人のほうが多いようだが……。後ろ向きに歩いているなら、何に当たっても文句は言えないと思う。

> われわれの知識は、無知の大海に浮かぶ小島である。

アイザック・バシェヴィス・シンガー（ポーランド生まれの作家　1904-91）

Our knowledge is a little island in a great ocean of non-knowledge.

<Isaac Bashevis Singer>

◆ シンガーはポーランドに生まれ、米国に渡って活躍したユダヤ系の作家。
◆ 人生も半ばを過ぎると、知っていることに比べ、知らないことの多さに唖然とするようになる。むしろ、それが成長している証拠なのかもしれないが。

> 40歳は若者にとってはどん詰まりだが、50歳は年寄にとってはまだまだ旬だ。

ヴィクトル・ユーゴー（フランスの小説家　1802-85）

Forty is the old age of youth; fifty the youth of old age.
<Victor Hugo>

- ◆『レ・ミゼラブル』の著者として名高いユーゴーの達観の句。
- ◆私は60歳になったときに、「50歳はまだまだ幼稚園！」と言って、50代の人たちに大受けしたことがある。
- ◆50歳については、こんな映画のセリフもある。「50歳は、若者にとっては老人だが、老人にとっては若者だ」(Fifty—the old age of youth and the youth of old age.)。

人生の最後に問題になるのは、
人生にどれだけの年月があったかではない。
その年月の間に、どれだけ人生があったかだ。

エイブラハム・リンカーン（第16代米国大統領　1809-65）

In the end, it's not the years in your life that count.
It's the life in your years.

<Abraham Lincoln>

◆ リンカーンは、56歳で没しているが、彼ほど劇的な生涯を送った人物は珍しい。1860年に大統領となり、2期を務めて、南北戦争を北軍の勝利という形で終わらせた。しかし、そのたった5日後にワシントンの劇場で暗殺されたのだ。

父はいつもこう言っていた。
死ぬときに5人の親友がいたら、
お前の人生は大成功だったのだと。

リー・アイアコッカ（米国の実業家　1924-2019）

My father always used to say that when you die, if you've got five real friends, then you've had a great life.
<Lee Iacocca>

◆ フォードの社長、クライスラーの会長を歴任した名物実業家の、含蓄ある言葉。
◆ あなたは、信頼できる友人を何人持っているだろうか？　友人ではなく、財産をため込むことに夢中になっている人が多い。

私は年齢を感じたことはない。
精神に年齢はないのだ。

作者不詳

I do not feel any age yet. There is no age to the spirit.
<Anonymous>

◆この句で思い出すのは、有名なサミュエル・ウルマンの「青春」という詩の冒頭の一句だ。「青春とは人生のある時期のことではなく、心のあり方なのだ」(Youth is not a time of life; it is a state of mind.)。
◆詩の中盤には、次の印象的な言葉が出てくる。「理想を捨てるとき、人は老いるのだ」(We grow old by deserting our ideals.)。

美しいものを見る能力を持ち続ける限り、老いることはない。

フランツ・カフカ（チェコ出身の小説家　1883-1924）

Anyone who keeps the ability to see beauty never grows old.
<Franz Kafka>

◆ 素晴らしい言葉である。年を取ったから美しさの感覚がなくなるわけではない。逆に、若いから美しいものが目に入るという保証もない。
◆ この句を読んで思い出すのは、イギリスの哲学者、デイヴィッド・ヒュームの次の名句だ。「物の美しさは、それを見つめる心の中に存在する」。年齢には関係なく、心の美しい人には、美しい景色が目に入り、美しい音楽が聞こえてくる。

若いときよりも今のほうがエネルギーに満ちている。今は本当にやりたいことが正確にわかるからね。

ジョージ・バランシン(米国のバレエ振付師　1904-83)

I've got more energy now than when I was younger because I know exactly what I want to.

<George Balanchine>

● バランシンはロシア出身のアメリカのバレエ振付師。サンクトペテルブルクでダンサーをしていたが、10月革命の後にアメリカに亡命し、大活躍した。

年を取って後悔するのは、「やらなかったこと」ばかり。

ジェームズ・M・ケイン〈米国の小説家　1892-1977〉

As you grow older, you'll find the only things you regret are the things you didn't do.

<James M. Cain>

◆ケインは、犯罪小説で名を馳せたアメリカの小説家。『郵便配達は二度ベルを鳴らす』はベストセラーとなり、映画化された。
◆この句は、やはり映画化された『ミルドレッド・ピアース(未必の故意)』の中に出てくるセリフである。
◆死を前にした老人に「人生に悔いはない?」と問うと、やったことを悔いる人よりも、やらなかったことを悔いる人が多くいる。

若いときは学ぶ。年を取ると理解する。

マリー・フォン・エブナー＝エッシェンバッハ
(オーストリアの女流作家　1830-1916)

In youth we learn; in age we understand.
<Marie von Ebner-Eschenbach>

◆この本の中でも1、2を争う名句だと思う。
◆この句に関連して思い出すのは、アメリカの自動車王、ヘンリー・フォードの次の言葉だ。「20歳だろうが80歳だろうが、学ぶことをやめた人は年寄りだ。学び続ける人は若いままだ。人生のキモは、気持ちを若く保ち続けることだ」。

年齢は、成熟に対する
かけがいのない代価なのだ。

トム・ストッパード（英国の劇作家　1937 -）

I think age is a very high price to pay for maturity.
<Tom Stoppard>

◆トム・ストッパードよりも200年前にイギリスで活躍した、社会改革者エリザベス・モンタグは、こんなふうに先取りの名句を残している。「心が成熟する年齢は、人によって異なる」(Minds ripen at very different ages.)。
◆と思うと、アメリカで活躍したユダヤ人作家、レオ・ロステンは次のようなジョークを飛ばしている。「ほとんどの人間は、成熟しない。ただ背が伸びるだけさ」。

シワは、かつてそこで笑った跡にできるもの。

ジミー・バフェット（米国のシンガーソング・ライター　1946-2023）

Wrinkles will only go where the smiles have been.
<Jimmy Buffett>

◆ 老人はシワができることを嫌うが、シワは何度も笑った痕跡だというのだ。これほどポジティブな老齢の捉え方は珍しいと思う。シワは幸せのしわ寄せなのである！
◆ アメリカの女優、ジェーン・フォンダもこう言っている。「私は顔のシワを取り除きたいとは思わない。それが私の個性なのだから」(I don't want my wrinkles taken away―I don't want to look like everyone else.)。

幸福について

幸福の扉がひとつ閉まると、別の扉が開く。しかし、閉まった扉をいつまでも見ていると、目の前に開いた扉が目に入らない。

ヘレン・ケラー（米国の著述家　1880-1968）

When one door of happiness closes, another opens; but often we look so long at the closed door that we do not see the one which has been opened for us.

<Helen Keller>

◆ こんなにやさしい言葉でこんなに深いことが言える、という見本のような名句。さすがヘレン・ケラーである。
◆ 彼女は心の目ですべてを見ていたのだろう。

この世で最も素晴らしいもの、美しいものは、見ることも触ることさえできない。それらは心で感じるしかないのだ。

ヘレン・ケラー（米国の著述家　1880-1968）

The best and most beautiful things in the world cannot be seen or even touched. They must be felt with the heart.
<Helen Keller>

◆ 彼女は生まれて19か月で視覚と聴覚を失ったが、それを補う特殊な感覚を手に入れたらしい。名手のバイオリン演奏も楽しむことができた。
◆「美しさ」や「素晴らしさ」は視覚や触覚の中にあるのではなく、心で感じるときに生ずるという、ヘレン・ケラーの名文句。

好きなものを手に入れるように心がけよ。
さもないと、手に入ったものを
好きになるのが落ちだ。

ジョージ・バーナード・ショー（英国の劇作家　1856-1950）

Take care to get what you like, or you will end by liking what you get.

<George Bernard Shaw>

◆ たまたま手に入ったものに満足するのは無理がある、というのがショーの考えだ。
◆ それより、あくまで好きなものを手に入れようじゃないか、と呼びかけている。この考えのほうが夢がある。

幸福は若さや健康と同様、過ぎ去るまでほとんどそのありがたさがわからない。

マーガリート・ブレシントン伯爵夫人（アイルランドの作家　1789-1849）

Happiness, like youth and health, is rarely appreciated until it is past.

<Marguerite Countess of Blessington>

◆当たり前のことほど気づきにくい。私は、幸福の5大条件は、「呼吸ができること、食べられること、出せること、眠れること、起きられること」だと思っている。

私たちの幸福のほとんどは、境遇ではなく、心の持ち方次第である。

マーサ・ワシントン（米国の初代大統領夫人　1731-1802）

The greatest part of happiness depends on our disposition, not our circumstances.

<Martha Washington>

◆ 多くの偉人は、逆境の中で偉大な業績を残している。たとえば、オーストリアの作曲家シューベルト。貧困と病気に苦しみ、わずか31歳で世を去ったが、数え切れないほどの名曲を残した。

◆ たしかに貧しかったが、多くの友人に恵まれ、五線譜はすべて友達からの寄付だった。外から見れば限りなく不幸だったが、彼の音楽は比類ない幸せの感覚であふれている。

われわれの時代の最も偉大な発見は、気持ちの持ちよう次第で境遇を変えることができる、ということの発見である。

ウィリアム・ジェームズ（米国の心理学者・哲学者　1842-1910）

The greatest discovery of my generation is that you can change your circumstances by changing your attitudes of mind.

<William James>

◆ウィリアム・ジェームズには、「悲しいから泣くのではない、泣くから悲しくなるのだ」という有名な言葉がある。
◆元気にガッツポーズをしながら悩むことは、難しい。

成功は欲しいものを手に入れること。
幸福は手に入るものを欲しがること。

作者不詳

Success is getting what you want; happiness is wanting what you get.

<Anonymous>

◆ 欲しいものを手に入れても幸福になれるとは限らない。しかし、手に入れたものを気に入るようにすれば、たしかに、いつも満足感を得られる道理となる。

人生の悲劇とは、生きているのに
その人間の内側で死んでいるもののこと。

アルバート・シュヴァイツァー
(ドイツ生まれの医者・神学者・哲学者・音楽家　1875-1965)

The tragedy of life is what dies inside a man while he lives.
<Albert Schweitzer>

◆ドイツ出身のアルザス人シュヴァイツァーは、ドイツとフランスの大学で学んだあと、司祭となり音楽と神学で評価の高い著作を発表。しかし「30歳以降は人類への奉仕に人生を捧げる」という若き日の決意を実行するため、医学を学びフランス領コンゴ(現ガボン共和国)に病院を設立した。

◆けだし、死ぬまで死なないでいるというのは、たいしたことなのだ。

人生とは、できることに集中することであり、できないことを悔やむことではない。

スティーヴン・ホーキング（英国の理論物理学者　1942-2018）

Life is about focusing on what you can do.
Not worrying about what you cannot do.
<Stephen Hawking>

◆ 人間の力は限られているが、何かにフォーカスし、力を集中することによって莫大なエネルギーを生み出すことができる。
◆ 若くして筋萎縮性側索硬化症を発症し、「車椅子の物理学者」と呼ばれたホーキングならではの言葉。

人生はすべて次のふたつから成り立っている。
したいけど、できない。
できるけど、したくない。

ヨハン・ヴォルフガング・フォン・ゲーテ（ドイツの作家・詩人　1749-1832）

Human life is made up of two parts: one is the things they want to do but cannot do; the other is those they can do but do not want to do.

<Johann Wolfgang von Goethe>

◆ドイツ古典主義の時代を築いたドイツ最大の文豪。
◆25歳のときに発表した『若きヴェルテルの悩み』で颯爽と登場し、文壇に確固たる地位を築いた。当時、ヴェルテルに憧れて自殺する若者があとを絶たなかったという。
◆したいことができている人は幸せである。

人生は、誰もが演じなければならない道化芝居である。

アルチュール・ランボー（フランスの詩人　1854-91）

Life is the farce which everyone has to perform.
<Arthur Rimbaud>

◆『地獄の季節』(1873)の中の一句。小林秀雄の訳では、この句の出てくる部分を最初から引用すると、次のようになっている。「道化がいつまで続くのだ。俺は自分の無邪気に泣き出したくなる。生活とは風来の道化である」(岩波文庫)。

人生はB級映画に似ている。途中でやめようとは思わないが、二度と見ようと思わない。

テッド・ターナー（米国の実業家・CNNの創業者　1938-）

Life is like a B-movie. You don't want to leave in the middle of it but you don't want to see it again.

<Ted Turner>

◆ 名画は何度も観たくなる。しかし、出来の悪い映画は、一度は我慢して観ても、二度と観る気は起こらない。人生はそれに似ているというのである。
◆ たしかに、「同じ人生をもう一度やり直す気はありますか」と言われて「それじゃあ」と答える人は少ないのではなかろうか。

世界に変革を求めるなら、
まず自分自身を変えねばならない。

マハトマ・ガンジー（インド独立の父　1869-1948）

You must be the change you wish to see in the world.
<Mahatma Gandhi>

◆ ガンジーの有名な名句だが、実はかなり長い文章の一部分でもある。この句の前にはこう述べられている。
If we could change ourselves, the tendencies in the world would also change. As a man changes his own nature, so does the attitude of the world change towards him.
◆ 要するに、自分は世界の一部なのだから、自分を変えずに世界を変えることなどできないのだ。

すべての人は世界を変えたいと願っているが、自分を変えようとは思っていない。

レフ・ニコラエヴィチ・トルストイ（ロシアの小説家、思想家　1828-1910）

Every one thinks of changing the world, but no one thinks of changing himself.

<Lev Nikolayevich Tolstoy>

◆自分の手が汚ければ、世界を変えても汚れるばかりである。
◆『戦争と平和』『アンナ・カレーニナ』『復活』などで知られる、ロシアを代表する文豪の名句。
◆ほかの有名な言葉に「天才とは強烈なる忍耐者である」というものも。

幸福や富や成功は、目標設定の副産物であって、それ自体では目標にはなり得ないものだ。

デニス・ウェイトリー（米国のビジネス・コンサルタント　1933-）

Happiness, wealth, and success are by-products of goal setting; they cannot be the goal themselves.

<Denis Waitley>

◆ それでは、幸福・富・成功以外の何が「目標」なのか、が問題だ。あなたの場合は何が目標だろう？
◆ ウェイトリーは93歳にして、いまなお健在である。

幸福はコークスのようなものだ。何か別のものを作っている過程で偶然得られる副産物なのだ。

オールダス・ハクスリー（英国の作家　1894-1963）

Happiness is like coke—something you get as a by-product in the process of making something else.

<Aldous Huxley>

◆この英文には、抱腹絶倒な誤訳がある。どういうのかというと、「幸福はコカコーラ(Coke)に似ている。何か別のものを作っている過程で偶然得られる副産物なのだ」。なんとなく意味が通るから、なおさら笑える。

◆ハクスリーが言いたかったのは、幸福は懸命に求めすぎると、かえって遠のいてしまう、ということだった。

幸福は幸福の中にあるのではなく、幸福を手に入れた瞬間にある。

フョードル・ミハイロヴィチ・ドストエフスキー（ロシアの作家　1821-81）

Happiness does not lie in happiness, but in the achievement of it.

<Fyodor Mikhailovich Dostoyevsky>

◆ 幸福は「状態」ではなく、何かを達成した「瞬間」にある、というのだ。たしかに、「状態」というのは、すぐに慣れっこになり、鈍感になりやすい。「なんとなく幸福」では誰も満足しないのだ。

最大の幸福は、幸福など必要ないと知ることにある。

ウィリアム・サローヤン（米国の作家　1908-81）

The greatest happiness you can have is knowing that you do not necessarily require happiness.

<William Saroyan>

◆ これを言ったサローヤンは、1943年に結婚してふたりの子供をもうけたのち離婚し、再び同じ女性と結婚し、またもや離婚している。ふたりの子供のために、『パパ・ユーア クレイジー』と『ママ・アイ ラブ ユー』を書いている。

みじめな気持ちになる秘訣は、自分が幸福であるか否かについて考えるヒマを持つことだ。

ジョージ・バーナード・ショー（英国の劇作家　1856-1950）

The secret of being miserable is to have leisure to bother about whether you are happy or not.

<George Bernard Shaw>

◆ 1950年に94歳で亡くなる直前まで精力的な執筆活動を続け、生涯53本もの戯曲を遺しただけでなく、社会運動などにも積極的に従事していた。
◆ アイルランド人でノーベル賞を受けたふたり目の作家。はじめは固辞したが、賞金を寄付するという条件で受賞した。

いちばん幸せなのは、昼間は忙しすぎて心配するヒマがなく、夜は眠すぎて心配する間もない人。

作者不詳

The happiest people are those who are too busy to worry in the daytime and too sleepy to worry at night.

<Anonymous>

◆ これでは心配するヒマもない代わりに、幸福を感じているヒマもないように思う。もしかしたら、心配事さえなければ、それだけで人間は相当幸せなのかもしれない。
◆ 芥川龍之介はこう言っている。「幸福とは、幸福を問題にしないときをいう」。

忙しすぎて自分の健康に無頓着な人は、忙しすぎて道具の手入れを怠る機械工に似ている。

スペインのことわざ

A man too busy to take care of his health is like a mechanic too busy to care for his tools.

<Spanish proverb>

◆このことわざは幸福についても当てはまる。自分の幸福を気にかけすぎる人は、いつも幸福を取り逃がす。「幸福には翼があり、つないでおくのは難しい」と言ったのは、ドイツの文豪シラーである。

044

幸運とは、チャンスに対していつでも準備ができていることである。

J・フランク・ドービ (米国の作家　1888-1964)

一　幸福について

Luck is being ready for the chance.　　　　　　　　　　　　<J. Frank Dobie>

◆ たくさんのチャンスの中で、「しかるべきチャンス」をそれと嗅ぎわけ、しっかりつかむ人が幸運を手にする。
◆ したがって、「幸運」は「運」ではなく「能力」であると言える。

努力すればするほど、
さらなる幸運が訪れる。

トマス・ジェファソン（米国の政治家　1743-1826）

I find the harder I work, the more luck I have.
　　　　　　　　　　　　　　<Thomas Jefferson>

◆第3代アメリカ合衆国大統領として知られるジェファソンだが、独立宣言起草者でもあることから、アメリカ合衆国建国の父のひとりとも言われる。当時ジェファソンは33歳、草案は約2週間で書き上げられたという。
◆努力は幸運に巡り合う一次試験のようなもの。

人生について

人生はレールの上を走っているわけではない。
いつも思い通りの方向へ行くとは限らない。

ウィリアム・ボイド（英国の小説家　1952－）

Life doesn't run on railway tracks.
It doesn't always go the way you expect.

<William Boyd>

◆「レールの上を走る人生」とは、走る前から行き先がわかっている人生だ。たとえば、ドライブは次々に景色が変わるから楽しいのだ。出発する前からすべての景色が見えているなら、誰もドライブなどしないだろう。
◆ それと同様、どこに行き着くかわからないから、人生は生きるに値するのだと思う。

人生は列車のようなもの。
時に遅く走ることは予測のうちだが、
脱線だけは困る。

ウィリー・スタージェル（米国の野球選手　1940–2001）

Life is like a train. You expect delays from time to time.
But not a derailment.

<Willie Stargell>

◆ スタージェルはパイレーツのパワーヒッターとして活躍した。選手生命は長く、1979 年に39歳でMVPに輝いている。
◆ この言葉は、その彼が56歳のときに言ったもの。野球選手にしては気が利いている。

人生の目的は、目的のある人生を送ることである。

ロバート・バーン（米国の作家　1930-2016）

The purpose of life is a life of purpose.

<Robert Byrne>

◆ ロバート・バーンは、「ビリヤード界のシェイクスピア」と称されるビリヤード研究の第一人者であり、ユーモラスな名句集の編纂者としても大成功している。
◆ 編纂した名句集の中にちゃっかりたくさんの自作を入れている、生来のいたずら者である。

人生の悲劇は、目標が達成できなかったことにあるのではない。達成すべき目標を持たないことにあるのだ。

ベンジャミン・メイズ（米国の教育者　1895-1984）

The tragedy of life doesn't lie in not reaching your goal.
The tragedy lies in having no goals to reach.

<Benjamin Mays>

◆ つまり、たとえ目標を達成できなくても、目標なしに生きるよりはずっといい、というのである。

肝心なのは、自分が今どこにいるかではない。どの方向に進みつつあるかだ。

オリヴァー・ウェンデル・ホームズ（米国の医師・作家　1809-94）

The great thing in this world is not so much where we are, but in what direction we are moving.
<Oliver Wendell Holmes>

◆この名句に関連して私が思い出すのは、次の英語のことわざである。「もしも道が間違っていたら、走ったとて何の益があるか」(What good is running if one is on the wrong road?)。
◆世の中には、ひたすら速く走ることに命を賭けている人もいる。しかし、やみくもに走る前に、落ち着いて方向を見定めることのほうが重要である。

われわれの時代でやっかいなのは、道しるべばかりで、目的地がないことである。

ルイス・クローネンバーガー（米国の作家　1904-80）

The trouble with our age is that it is all signpost and no destination.
　　　　　　　　　　　　　　　　　　　　<Louis Kronenberger>

◆ 世の中はいろいろな道しるべに満ちている。「もっと上を見なさい」「もっと足元に注意しなさい」、あるいは「もっと速く読みなさい」「もっとゆっくり読みなさい」……。互いに矛盾する道しるべの間で自分を失うのは愚かなことだ。

人生で犯す最大の誤りは、誤りを犯しはしないかと絶えず恐れることだ。

エルバート・ハバード（米国の作家・工芸家　1856-1915）

The greatest mistake you can make in life is to be continually fearing you will make one.

<Elbert Hubbard>

◆ 人間の性格の基本部分は、5歳までに決まるという。つまり、性格は自分で決めるのではなく、無意識のうちに周囲に決められてしまうということだ。
◆ たいがい5歳までは、「危ないよ」とか「それをしちゃダメ」などという親からの否定的な言葉ばかり聞かされて育つので、多くの人は無意識のうちに「誤りを犯しはしないか」とビクビクする性格を植えつけられてしまう。

人生は、大写しにすれば悲劇だが、遠写しにすれば喜劇である。

チャールズ・チャップリン（英国の俳優・映画監督　1889-1977）

Life is a tragedy when seen in close-up, but a comedy in longshot.

<Charles Chaplin>

◆チャップリンの喜劇が、喜劇でありながら哀愁を漂わせているのは、このような人生に対する諦観が背景にあるからなのであろう。

人生は喜びに満ちた悲劇である。

バーナード・マラマッド(米国の作家 1914-86)

Life is a tragedy full of joy.

<Bernard Malamud>

◆ 考えようによっては、「人生は悲しみに満ちた喜劇である」(Life is a comedy full of sorrow.)と言い換えることができそうだ。

◆ ニューヨーク・ブルックリンでロシア系ユダヤ人の家庭に生まれたマラマッド。大学で教鞭を取りつつ執筆を続け、『アシスタント』『修理屋』などの代表作を生み出した。

> われわれは人生という巨大な芝居の、熱心な共演者だ。
>
> ハンス・カロッサ（ドイツの作家　1878-1956）

We are all enthusiastic actors in the largest play called life.
<Hans Carossa>

- ◆カロッサ家はもともと医師の家系で、本人も医学を修め医者となったが、やがて作家・詩人として成功した。
- ◆この言葉は44歳のときに彼が書いた自伝的作品『指導と信従』の中の一節。
- ◆人生は自作自演の大芝居である。

人生は解かれるべき問題ではなく、経験されるべき現実である。

セーレン・キルケゴール（デンマークの哲学者　1813-55）

Life is not a problem to be solved but a reality to be experienced.

<Søren Kierkegaard>

◆ 人生は個々の人間の実存の現場であって、教壇で論じられるような問題ではないのだ、というキルケゴールの宣言。

人生はあっという間の瞬間にすぎない。永遠に対して準備するにはあまりにも短すぎる。

ポール・ゴーギャン(フランスの画家　1848-1903)

Life is hardly more than a fraction of a second. Such a little time to prepare for eternity.

<Paul Gauguin>

◆ 後期印象派の代表的な画家。ゴッホと共同生活を送っていたエピソードで有名だが、もともと17歳で航海士となり世界を巡ったあと、パリで株式仲買人として成功し、絵は趣味で描いていたという。本格的な画家となるのは1883年、35歳のときの話だ。

未来を恐れることは、現在の浪費である。

作者不詳

Fear of the future is a waste of the present.
<Anonymous>

- 失敗を恐れて行動を先送りにしたり、立ち止まっている時間こそ最も時間の無駄だ、ということだ。
- 着手すれば、仕事は半分終わったようなもの。着手することによって、未来はぐっと引き寄せられる。

人間について

大地は人間のものではない。
人間こそ大地のものなのだ。

族長シアトル

The earth does not belong to man; man belongs to the earth.
<Chief Seattle>

- 1854年に、ネイティブ・アメリカンのドウワミン族長シアトルが、アメリカ大統領あてに書いた痛切な内容の手紙の中の言葉。このあと、次のような言葉も見える。
- 「もしわれわれが自分たちの土地を売るような場合も、あなた方は、大気がかけがえのないものであること、大気はそれが支えているすべての生き物と大地の霊を分かち合っているのだということを、決して忘れないでください」。

理性の名のもとに不合理な行動をとれる動物は、人間だけである。

アシュレー・モンタギュー（英国の人類学者　1905-99）

Human beings are the only creatures who are able to behave irrationally in the name of reason.

<Ashley Montagu>

◆ 人類学の分野で多くの功績を遺したモンタギュー。『暴力の起源——人はどこまで攻撃的か』『タッチング——親と子のふれあい』の2冊が日本で翻訳されている。
◆ 私は多くの理論の土台には、感情が渦巻いていると見ている。

人間は醜い、だが人生は美しい。

アンリ・トゥールーズ=ロートレック（フランスの画家　1864-1901）

Humans are ugly, but human life is beautiful.
<Henri Toulouse-Lautrec>

◆ 南仏アルビの伯爵家に生まれたが、幼児から虚弱で両大腿骨を相次いで骨折し、発育不全となった。自分自身が差別を受けたことから、下層社会にうごめく人々に共感を持ち、キャバレーの踊り子や娼婦、女給、道化師などを好んで描いた。
◆ いかに個々の人間は醜かろうとも、生きんとする意志、生きる努力は美しい。

諦めた人間というものは、醜い。

フランソワーズ・サガン（フランスの小説家、脚本家 1935-2004）

Those who have given up are the ugliest of humans.
<Françoise Sagan>

◆「醜い」という言葉が印象的なサガンの言葉。
◆ 1954年、南仏の別荘を舞台に青春の残酷さを描いた小説『悲しみよこんにちは』でセンセーショナルな登場を飾ったサガンは、当時なんと18歳。フランスのみならず、世界中で空前のベストセラーとなり、サガンブームを巻き起こした。
◆ 諦めきれない人間は、見苦しいかもしれないが、醜くはない。

環境が人間を作るのではない。
人間が環境を作るのだ。

ベンジャミン・ディズレーリ（英国の政治家　1804-81）

Man is not the creature of circumstances.
Circumstances are the creatures of men.
<Benjamin Disraeli>

◆ 直訳すると、「人間は環境の産物ではない。環境が人間の産物なのだ」。
◆ 「境遇が人間を作るのではない。人間が境遇を作るのだ」と訳すこともできる。訳し方によって印象が変わる好例。

世間は鏡だ。
覗けば必ず自分の顔が映っている。

ウィリアム・M・サッカレー（英国の作家　1811-63）

The world is a looking-glass, and gives back to every man the reflection of his own face.

<William M. Thackeray>

◆ 現在、地球に残る自然のほとんどは、人間の手垢にまみれた自然である。純粋無垢な人間がいないように、純粋無垢な自然も存在しない。世間は鏡であり、自然もまた人間の営みの鏡である。

失敗する人には2種類ある。
考えたけれど実行しなかった人。
実行したけれど考えなかった人。

ローレンス・J・ピーター（カナダ生まれの教育学者　1919-90）

There are two kinds of failure: those who thought and never did, and those who did and never thought.
<Laurence J. Peter>

◆「考えたけれども実行しなかった」場合は、まわりの人にはわからない。しかし、「実行したけれど考えなかった」場合は、無計画を笑われることになる。

人間とは、1週間の仕事が終わり、神様が疲れたときに作られた生き物。

マーク・トウェイン（米国の作家　1835-1910）

Man was made at the end of the week's work, when God was tired.

<Mark Twain>

◆ 人間は神様が疲れたときに作った「できそこないの生き物」ということだろう。

◆ ユーモアあふれる作風で鳴らしたトウェイン自身が、だいぶ疲れてしまった頃の述懐である。ミシシッピ河畔の大自然の中でのびのびと育ったが、結婚後に移り住んだコネティカットの生活になじめず、晩年は懐疑的な性格になってしまった。

人間は造化の傑作。
しかし、そう言っているのは誰なんだ？

エルバート・ハバード（米国の作家・工芸家　1856-1915）

Man is Creation's masterpiece; but who says so ?
<Elbert Hubbard>

◆ 人間を「万物の霊長」などと祭り上げているのは、人間自身である。
◆ ハバードはベストセラーとなった『ガルシアの手紙』の著者として有名。英国人ウィリアム・モリスの影響を受け、自ら職人村を組織したりした。

人間は道具を作る動物である。

ベンジャミン・フランクリン（米国の政治家・発明家　1706-90）

―人間について―

Man: A tool-making animal.

<Benjamin Franklin>

◆これによく似たフレーズとして、英国の歴史家トマス・カーライルの、次の人間定義も有名。「人間は道具を使う動物である」(Man is a tool-using animal.)。しかし、フランクリンのほうが本家本元である。

人間は自ら作り出した道具の道具になってしまった。

ヘンリー・デイヴィッド・ソロー（米国の作家・思想家・詩人　1817-62）

Men have become the tools of their tools.
<Henry David Thoreau>

◆ ソローは、ウォールデン湖畔に小屋を立て、森の中の生活を送ったことで有名。
◆ 彼は数少ない道具として、小屋の中に3つの椅子を置いていた。彼自身の説明によると、孤独のための椅子、友達のための椅子、そして社交のための椅子の3つだった。3人以上は入れない小さな小屋だった。

空腹な人間は宇宙に絶望したりはしない。
いや、宇宙のことなど考えすらしない。

ジョージ・オーウェル（英国の小説家　1903-50）

People with empty bellies never despair of the universe, nor even think about the universe for that matter.
<George Orwell>

◆ これは、マズローの「欲求5段階説」をベースにして読むと理解しやすい言葉だ。マズローは、人間の欲求は、生理的欲求、安全の欲求、社会的欲求、承認欲求、自己実現欲求の5つの階層から成ると説明している。

◆ 空腹は、まさに第1段階の「生理的欲求」が満たされていない状態であり、このような状況の人間が世界や宇宙に思いをはせるのは難しいだろう。

たとえ太陽系と天体の全部が壊れたとしても、君が死ぬのは1回きりだ。

トマス・カーライル（英国の歴史家・評論家　1795-1881）

The crash of the whole solar and stellar systems could only kill you once.

<Thomas Carlyle>

◆ 大袈裟に言えば、人が死ぬのはひとつの宇宙の消滅と言える。彼が生きた宇宙は、彼の見た宇宙、彼の触れた宇宙にほかならないからだ。

お金について

お金で幸せが買えると思うのなら、自分の幸せをいくばくか売ってみなさい。

アーニー・J・ゼリンスキー(カナダの作家 1949-)

If you believe that money can buy happiness, then why don't you try selling some of yours ?

<Ernie J. Zelinski>

◆ 数々のビジネス書を出版しているゼリンスキー。特に『働かないって、ワクワクしない?』は16か国で出版され、世界的なベストセラーになった。
◆ 彼が一貫して唱えているのは「人生を楽しむこと」。幸せを買うことはできないというのは、幸せを売ることもできないということ。

お金で買えないものはほとんどありません。例外は、幸せと愛と自然が与えてくれるすべてのものです。

作者不詳

お金について

There is hardly anything you can have without money, except happiness, love, and everything nature gives.

<Anonymous>

◆ 米国の少女が「お金について書きなさい」と言われて書いた作文中の秀逸な一文。エリック・W・ジョンソン編『ユーモアのたからもの』より。
◆ 子供の洞察は、へたな哲学者よりも深い。

死ぬときに1万ドル残すようなやつは、人生の失敗者さ。

エロール・フリン（オーストラリア生まれの俳優　1909-59）

Any man who has $10,000 left when he dies is a failure.
<Errol Flynn>

◆ お金は貯めるためではなく、使うためにある。自分で使わないと、結局誰かが使うことになる。
◆ タスマニア州ホバートに生まれたフリン。学生時代は素行の悪さから学校を次々と退学させられたが、1933年にオーストラリア映画でデビューを果たし、1930〜40年代はハリウッドで活躍。3人の妻との間に、4人の子供をもうけた。

金はまったく希少な資源ではない。希少なのは創造力だ。

リンダ・イエーツ（米国の実業家）

Money isn't the scarcest resource—imagination is.
<Linda Yates>

◆イエーツはペインテッド・ウルフの共同創業者。数多くの会社を立ち上げた創意に富む女性実業家だ。
◆言われてみれば、お金ほど世界中にありふれたものはない。

金がないのだから、
頭を使わなくては。

アーネスト・ラザフォード（ニュージーランドの物理学者　1871-1937）

We've got no money, so we've got to think.
<Ernest Rutherford>

◆ ラザフォードはニュージーランド出身。原子の崩壊から放射能が生ずるという理論を提唱、原子の現代的概念を確立した。1908年にノーベル化学賞を受賞している。

金ができるということは、時間ができるということだ。

アルベール・カミュ（フランスの小説家・哲学者　1913-60）

To have money is to have time.

<Albert Camus>

◆ 最近は、他人でもできる仕事をどんどんアウトソーシングして時間を稼いでいる人が多い。

◆ カミュはフランス領アルジェリア出身。大学卒業後はジャーナリストとして活動、第二次世界大戦中に刊行された小説『異邦人』、エッセイ『シーシュポスの神話』などで注目を浴びた。1956年にノーベル文学賞を受賞したが、1960年に自動車事故で亡くなった。

私は常に、お金というものは、時間を買うためにあるとみなしてきた。

トム・ストッパード（英国の劇作家・脚本家　1937－）

I've always thought of that thing called money as existing for the purpose of buying time.
<Tom Stoppard>

◆ 逆に言うと、時間ほど高くつくものはないということである。
◆ ストッパードはチェコ生まれで、1946年に英国に移住。ジャーナリスト、演劇評論家、ラジオドラマの脚本家として脚光を浴びた。1996年、『恋に落ちたシェイクスピア』でアカデミー賞脚本賞を受賞。『スターウォーズ・エピソード3』にも参加している。

知人とは、金を借りるほどには親しいが、金を貸すほどには親しくない人のこと。

アンブローズ・ビアス（米国の作家　1842-1914）

— お金について —

Acquaintance: a person whom we know well enough to borrow from, but not well enough to lend to.
　　　　　　　　　　　　　　　　　　　　<Ambrose Bierce>

◆ビアスの言い方を真似るなら、「友人とは、金を貸すのはよいが、催促しにくい相手のこと」か。

友達から金を借りる前に、友達と金のどちらが大事か考えよ。

作者不詳

Before you borrow money from a friend, decide which you need more.

<Anonymous>

◆ これに関連して、こんなことわざを思い出した。「金を貸すと、友達を失うことになる」(Lend your money and lose your friend.)。
◆ もうひとつ。「友達を信じる前に、一度は試せ」(Try your friend before you trust.)。友達になるには「お試し期間」が必要だというのである。

道はふたつだ——
金に働かせるか、金のために働くか。

コンラッド・レスリー（米国の金融業者　1923-2018）

お金について

Each of us has the choice—we must make money work for us, or we must work for money.

<Conrad Leslie>

◆コンラッド・レスリーは、農作物の収穫予測の名人だったという。特に毎月のトウモロコシ、大豆、小麦の生産量の見積もりは正確で、市場に大きな影響を与えた。
◆彼の観察眼の鋭さが、「お金に働かせる」技を生み出したと言ってよいだろう。

物を売ろうと思ったら、
女性にはお買い得だと言いなさい。
男性には値引きしますと言いなさい。

アール・ウィルソン(米国のジャーナリスト　1906-90)

To sell something, tell a woman it's a bargain; tell a man it's deductible.

<Earl Wilson>

◆「女性にはお買い得だと言いなさい」のところは、私なら「女性にはおまけをつけますよ、と言いなさい」としたほうがよいように思われる。どちらのほうが女心をくすぐるか、女性のご意見をうかがいたい。

資本主義においては、人間が人間を搾取するが、社会主義においてはその逆である。

ポーランドのことわざ

Under capitalism man exploits man; under socialism the reverse is true.

<Polish proverb>

◆「その逆」の内容を汲んで訳したほうが、より面白みが増す。すなわち、「資本主義においては人間が人間を搾取するが、社会主義においては人間が人間に搾取される」。能動態か受動態かで、ここまでニュアンスが変わるとは……。

わずかしか金のない人が貧乏なのではない。
もっと欲しがる人が貧乏なのだ。

ルキウス・アンナエウス・セネカ（ローマの哲学者・政治家・著述家　B.C.4頃－65）

It is not the man who has too little, but the man who craves more, that is poor.

<Lucius Annaeus Seneca>

◆ スペインのコルドバ生まれで、一般に父を大セネカ、ルキウスを小セネカと表記する。皇帝ネロの幼少期の教育係であり、ネロから執政官に任命された。しかし道徳的に非常に厳格で、次第にネロに疎まれるようになり、ネロ暗殺に手を貸したと疑われて自害したという。

私は余生を送るのに十分な蓄えがある。ただし、買い物さえしなければね……。

ジャッキー・メーソン(米国のコメディアン　1931-2021)

I have enough money to last me the rest of my life, unless I buy something.

<Jackie Mason>

- ◆ 言うまでもないが、お金はものを買うためにある。買い物をしない人には、お金は無用の長物である。
- ◆ メーソンはウィスコンシン州のユダヤ人家庭に生まれ、25歳のときにラビ(ユダヤ教の聖職者)となるが、コメディアンになるため3年で辞職。数々のコメディショーやトーク番組の司会を務めた。

お金は世界に君臨する神である。

トマス・フラー（英国の聖職者　1608-61）

Money is the God of the World.

<Thomas Fuller>

- ◆ プロの聖職者が言うのだから、信憑性がある。たしかに「お金」ほど手ごわい支配者はいない。それが証拠に、おおかたの宗教はお金の前にひれ伏すのが常である。
- ◆「お布施はいりません。お心だけで十分です」という宗教があったら、少しは信じる気になるかもしれない。

愛と友情について

結婚に成功する秘訣は、あらゆる災難を事故とみなし、どんな事故も災難とみなさないことだ。

ハロルド・ニコルソン（英国の外交官・批評家　1886-1968）

The great secret of a successful marriage is to treat all disasters as incidents and none of the incidents as disasters.
<Harold Nicolson>

◆「どんな災難も事故とみなす」のと「どんな事故も災難とみなさない」のでは、どちらが難しいだろう。おそらく後者のほうが難度は高いように思うが、いかがであろう。

愛の第一の義務は、相手の話に耳を傾けること。

パウル・ティリッヒ（ドイツ生まれの神学者　1886-1965）

The first duty of love is to listen.

<Paul Johannes Tillich>

◆ ティリッヒはドイツ生まれのルター派の神学者。数々の大学で教授を務めたが、ナチス政権の確立とともにアメリカに移住した。
◆ ティリッヒはほかにも数々の名言を残している。たとえば、「他人を虐待することは、常に自分への虐待でもある」(Cruelty towards others is always also cruelty towards ourselves.)。

愛とは、お互いに向き合うことではなく、共に同じ方向を見つめることである。

アントワーヌ・ド・サン＝テグジュペリ（フランスの作家・飛行士　1900-44）

Love does not consist in gazing at each other, but in looking together in the same direction.

<Antoine de Saint-Exupéry>

◆『星の王子さま』の作者、サン＝テグジュペリの名言。兵役によって陸軍飛行連隊に所属し、退役後民間の飛行士となった。第二次世界大戦中の1944年、単独で偵察機に乗って飛行中に地中海で消息を断つが、『夜間飛行』『人間の土地』など、その著書は今なお世界中の人々に愛されている。

恋とは、互いに相手を知らない男女の間に起こる出来事である。

W・サマセット・モーム（英国の作家　1874-1965）

Love is what happens to men and women who don't know each other.

<W. Somerset Maugham>

◆次ページのヴァレリーの言葉とあわせて読むと、恋とは、互いに見知らぬ男女が突然ふたりでバカになることであることがわかる。
◆言われてみると、こんなに的確な恋の定義には、お目にかかったことはない。ぜひ、ヴァレリーの言葉も味わっていただきたい。

恋とは、ふたりで一緒にバカになることである。

ポール・ヴァレリー（フランスの詩人・評論家　1871-1945）

Love is being stupid together.

<Paul Valéry>

- ◆「恋と理性は伴わない」ということわざもある。頭が働いているうちは、本物の恋ではないらしい。
- ◆ ポール・ヴァレリーは20世紀を代表する知性として尊敬を集め、その死に際しては国葬をもって遇せられた。

最も永続きする愛は、報われぬ愛である。

W・サマセット・モーム（英国の作家　1874-1965）

― 愛と友情について ―

The love that lasts longest is the love that is never returned.
<W. Somerset Maugham>

◆『月と六ペンス』や『人間の絆』で知られる、イギリスの名作家による言葉。モームは数多くの恋愛に関する名言を残している。
◆ 報われてしまったら、もはや愛には存続するエネルギーが残っていない。

終わりのある愛は悲劇ではない。
終わりのない愛こそ悲劇なのだ。

シャーリー・ハザード（米国の作家　1931-2016）

The tragedy is not that love doesn't last.
The tragedy is the love that lasts.

<Shirley Hazzard>

◆ 普通は愛の終わりが悲劇として語られるが、終わりがない愛こそ悲劇なのだと言う。
◆ オーストラリアのニュー・サウスウェールズ州に生まれたハザード。シドニーで学び、その後拠点をニューヨークに移す。女流現代作家として活躍、全米図書賞や国際IMPACダブリン文学賞など数々の賞を受賞している。

相思相愛にハッピーエンドはない。

アーネスト・ヘミングウェイ（米国の小説家・詩人　1899-1961）

If two people love each other there can be no happy end to it.
<Ernest Miller Hemingway>

◆ 相思相愛は、逃げ場のない愛情である。
◆ 20世紀の文学界とライフスタイルに多大な影響を与えたヘミングウェイ。代表作に『日はまた昇る』『武器よさらば』『誰がために鐘は鳴る』『老人と海』など。1954年にノーベル文学賞を受賞している。

かごの中の鳥は、あきらめているが、本当はかごから飛び立ちたいのだ。

テネシー・ウィリアムズ（米国の劇作家　1911-83）

Caged birds accept each other but flight is what they long for.
<Tennessee Williams>

◆ 一見仲がよさそうに見える鳥たちも、本当はこんな狭い世界に閉じ込められたくないのだ、という非常に印象的な句。

友人とはあなたのすべてを知っていて、それでもあなたを好いてくれる人のことである。

エルバート・ハバード（米国の作家・工芸家　1856-1915）

Your friend is the man who knows all about you and still likes you.

<Elbert Hubbard>

◆逆に言うと、あなたが誰かのことを骨の髄まで知り尽くしていて、それでも彼／彼女のことが好きならば、あなたはその人の大親友である。

一切のことを忘れて陶酔するのが恋人同士。
一切のことを知って、共に喜ぶのが友人同士。

アベル・ボナール（フランスの詩人　1883-1968）

Forgetting all things, lovers become intoxicated with each other; knowing all things, friends find joy in each other.
<Abel Bonnard>

◆ ボナールはポワティエに生まれ、1906年に最初の詩集『なじみの人々』で全国詩作賞を受賞。他の作品には『恋と嵐』『友情論』があり、恋愛と友情に関する名言を数多く遺している。

会話について

コミュニケーションにおいて最も重要なことは、語られていないことを聞くことである。

ピーター・F・ドラッカー（米国の著述家 1909-2005）

The most important thing in communication is to hear what isn't being said.

<Peter F. Drucker>

◆この句に関連して、こんなことわざもある。「神はわれらにふたつの耳とひとつの口を与えた。だから、われらはそれと同じ比率で使うべきだろう」(God gave us two ears and one mouth, so we should use them in the same proportion.)。

聞き上手は、話し上手に劣らずコミュニケーションと影響力の強力な手段である。

ジョン・マーシャル（米国の最高裁主席判事　1755-1835）

―会話について―

To listen well is as powerful a means of communication and influence as to talk well.

<John Marshall>

◆ マーシャルはアメリカ史上最も有名な連邦最高裁判所長官であり、憲法上の重要な判決によっていまだに尊敬されている。
◆ ヴァージニア州生まれ。独立戦争に従軍し、1788年に憲法制定会議の委員、99年に連邦会議の議員に就任した。

「話す」の反対は「聞く」ではない。
「話す」の反対は「待つ」である。

フラン・レボウィッツ（米国の作家　1950-）

The opposite of talking isn't listening.
The opposite of talking is waiting.

<Fran Lebowitz>

◆ レボウィッツはさまざまな職を経て、1972年にアンディ・ウォーホルの創刊した『インタビュー』誌で映画評を書きはじめたことで作家としてのキャリアをスタートした。そのシニカルな視点や辛口のユーモアでアメリカでは人気を博している。代表作は『嫌いなものは嫌い』『どうでも良くないどうでもいいこと』。

自分だけが喋ってないか、いつも気を配りなさい。誰かを退屈させているかもしれないから。

ヘレン・G・ブラウン（米国の作家　1845-1933）

Never fail to know that if you are doing all the talking, you are boring somebody.

<Helen G. Brown>

◆「この世で2番目によくない罪は『退屈』である。最悪なのは『退屈な人』になることだ」(Perhaps the world's second worse crime is boredom. The first is being a bore.)。こちらは英国の写真家、セシル・ビートンの言葉。人を退屈させるのは重罪だと言っている。

会話上手とは、人の言ったことを憶えておく人ではなく、他人が憶えておきたくなるようなことを言う人。

ジョン・M・ブラウン（米国の奴隷廃止運動家　1838-1916）

A good conversationalist is not one who remembers what was said, but says what someone wants to remember.
<John M. Brown>

◆ 人が言ったことを覚えていても、受け売りの話しかできない。ものを書くときも同じだ。最近のようにスマホで何でも手軽に検索できる時代になると、知識を書いてもほとんど意味をなさない。そんなものは瞬時で手に入るからだ。
◆ 知識ではなく「発見を書く」ことを、私は広くおすすめしている。

話は目的のある航海のようなもの。海図がなければならない。あてもなく出発した者は、たいていどこにも行き着けない。

デール・カーネギー（米国の著述家　1888-1955）

―会話について―

A talk is a voyage with a purpose, and it must be charted. The man who starts out going nowhere generally gets there.
<Dale Carnegie>

◆こんなジョークもある。「彼はメモなしで1時間話すことができる ― 内容もないけどね」(He can speak for an hour without a note—and without a point.)。

悪い話があるときは、単刀直入に言うのがよい。

オスカー・ワイルド（英国の詩人・作家　1854-1900）

Whenever one has anything unpleasant to say one should always be quite candid.

<Oscar Wilde>

◆これは至言だ。どんなにもったいぶっても、悪いことは悪いこと。むしろ、事実を言って、対応策を伝えるのが最上だ。

◆聞きたくない話を聞かされた上に、山ほど言い訳をされたら、相手はどんな気分になるだろう。むしろ、よくないことが起きたときにこそ、人の真価は問われるのだ。

人はあなたに反対なのではなく、自分に賛成なだけなのだ。

ジーン・ファウラー（米国のジャーナリスト 1890-1960）

Men are not against you; they are merely for themselves.
<Gene Fowler>

◆この句を読んで、次の名句を思い出した。「自分の意見を持てば持つほど、ものが見えなくなる」(The more opinions you have, the less you see.)。ドイツの映画監督、ヴィム・ヴェンダースが『オブザーバー』紙上で語った名句である。

人間は、その答えではなく、問いによって判断すべきだ。

ヴォルテール（フランスの哲学者・作家　1694-1778）

Judge a man by his questions rather than his answers.
<Voltaire>

◆「難しいことを尋ねるのは、やさしい」(To ask the hard question is simple.)。こちらは、英国の詩人、W・H・オーデンの言葉である。
◆たしかに、よく考えていない人間に限って、「生きる意味はどこにあるのですか？」とか「人生の目的は何ですか？」とか、やけに哲学的な質問をしたがるものである。

会話のコツは、
言うべきときに言うべきことを言うだけではなく、
言うべきでないことは、
たとえ言いたくても言わないことだ。

ドロシー・ネヴィル（英国の著述家　1826-1913）

The real art of conversation is not only to say the right thing in the right place but to leave unsaid the wrong thing at the tempting moment.

<Dorothy Nevill>

◆「余計なひとこと」が墓穴を掘るケースが実に多い。たとえば、政治家が過去の過ちを「若気の至りだった」などと発言すると、少しも反省していないことが露呈してしまう。
◆もっと悪いのは、「記憶にございません」という言い訳だろう。

口のつぐみ方を知るより、話し方を知るほうがたやすい。

トマス・フラー（英国の聖職者　1608-61）

'Tis easier to know how to speak than how to be silent.
<Thomas Fuller>

◆これに関連して、こんなジョークがある。「彼は、自分が寡黙であるということを伝えるのに2時間もかかる」(It takes him two hours to tell you that he's a man of few words.)。
◆寡黙であることを伝えるために2時間も費やすのであれば、もはや寡黙でもなんでもありゃしない。

かくもコミュニケーションが発達した社会において、ちゃんと人の話を聞く人が少ないのは、なんともおかしな話だ。

エルマ・ボンベック（米国のコラムニスト　1927-96）

It seems rather incongruous that in a society of supersophisticated communication, we often suffer from a shortage of listeners.

<Erma Bombeck>

◆ エルマ・ボンベックは、日常の何気ない出来事を面白おかしく語る本を多く書く、超人気のコラムニスト。
◆ 私が気に入っている彼女の名言に、こういうのがある。「オフィスに置いてある植物が枯れているような医者の所へは行くな！」。
◆ 彼女のさりげない観察眼が、多くのベストセラーを生み出した。

どうしても避けがたい口論で、どれだけ慎みある態度がとれるかということほど、高邁(こうまい)な人格の証しとなるものはない。

ヘンリー・テイラー（英国の劇作家・詩人　1800-86）

There is no such test of a man's superiority of character as in the well-conducting of an unavoidable quarrel.
　　　　　　　　　　　　　　　　　　　　　　<Henry Taylor>

◆ 48年間イギリスの植民省に勤務しながら、詩作に励んだテイラー。詩人としてだけでなく、当時の行政機関を題材にしたエッセイ『The Statesman』でも知られる。

怒っているときほどその人を観察するといい。
そういうときこそ本性が丸見えになる。

ゾハール（カバラの教義書）

Observe people when they are angry, for it is then that their true nature is revealed.

<Zohar>

◆ ゾハールはユダヤ教神秘主義の一種であるカバラの古典。「光輝の書」と呼ばれ、1280年代に突如出現した。13世紀のモーゼス・デ・レオンの作であると言われている。

忠告を求めてやってくる人のほとんどは、自分の考えを正してもらうためではなく、後押ししてもらうためにやってきたのだ。

ジョシュ・ビリングス（米国のユーモア作家　1818-85）

Most people when they come to you for advice, came to have their own opinions strengthened, not corrected.
<Josh Billings>

◆ 19世紀前半、マーク・トゥエインに次いで最も人気のあった作家、ビリングスによる忠告に関するなかなかの名句。
◆ 忠告を求める人は、実は自分の考えの援軍を求めているだけなのだ、といううがった洞察。

よい忠告を与えられるくらい気の利いた人なら、何も忠告しないほど気が利いているものだ。

イーデン・フィルポッツ（インド生まれの作家 1862-1960）

The people sensible enough to give good advice are usually sensible enough to give none.

<Eden Phillpotts>

◆ 忠告に関して、こんな忠告を吐いた人がいる。「友達を失う最良の方法は、本当にためになる忠告をしてやることだ」。それくらい、人に忠告する場合は、細心の注意が必要だ、というのである。

忠告はたいてい歓迎されない。それを最も必要とする人々がそれを好まないのだ。

フィリップ・ドーマー・スタナップ・チェスターフィールド卿
(英国の政治家・文筆家　1694-1773)

Advice is seldom welcome; and those who want it the most always like it the least.
　　　　　　　　<Philip Dormer Stanhope Chesterfield>

◆ロンドン生まれ。ケンブリッジで学び、1726年父の跡を継いで伯爵となった。オランダ大使を経てアイルランド総督や国務大臣を歴任。1774年に書かれた『息子への手紙』はジェントルマン教育の教科書として有名だ。

人がほめられたときに最初は固辞するのは、もう一度言ってもらいたいからである。

フランソワ・ド・ラ・ロシュフーコー（フランスのモラリスト・文学者　1613-80）

会話について

He who refuses praise the first time that it is offered does so because he would hear it a second time.
<François, duc de La Rochefoucauld>

◆これはとても辛らつだが、言い得て妙の至言といえる。「歌がお上手ですね！」とほめられて「いえいえ、そんなことはありません！」と答える人は、「何をご謙遜を！」と言ってほしいのだ、というのだ。

ただのお世辞をほめ言葉と受け取ってはいけない。逆に、ほめ言葉を単なるお世辞と取ってもいけない。

ラッセル・ラインズ（米国のジャーナリスト　1910-91）

Never accept flattery as though it were a compliment, and never treat a compliment as though it were mere flattery.
　　　　　　　　　　　　　　　　　　　　<Russell Lynes>

◆こんなジョークを耳にしたことがある。「お若いですねえ！と声をかけられたら、あなたが年を取ってきた証拠である」。たしかにそうだ。見るからに若々しい人に「お若いですねえ！」と声をかける人はいないだろう。

働くことについて

人は、あなたがどんなに早く仕事をしたかは忘れてしまうが、どんなによい仕事をしたかは覚えていてくれるものだ。

ハワード・W・ニュートン（米国の広告会社役員・作家　1903-51）

People forget how fast you did a job—but remember how well you did it.
<Howard W. Newton>

◆ 仕事を早足競争のように思っている人がいる。しかし、早く終わらせようと焦っても、よい結果が出るわけがない。
◆ 理想的なのは、準備に十分時間をかけ、見通しをつけた上で、はじめたら一気に仕上げるやり方だ。結局そのほうが、やみくもにはじめるよりも早く、質のよい結果を生むものだ。

心を込めて仕事をすれば、
あなたは必ず成功するだろう。
なぜなら、そんな人はほとんどいないからだ。

エルバート・ハバード（米国の作家・工芸家　1856-1915）

Do your work with your whole heart, and you will succeed
—there's so little competition.
<Elbert Hubbard>

◆これに関連して、こんな愉快なジョークがある。
A：「君のオフィスではどれくらいの人が働いているんだい？」
B：「半分くらいかな」
つまり、あとの半分は本気で（心を込めて）働いていない、というジョークである。

起業家の鉄則は、本当に好きな仕事をすることだ。そうでなければ、成功はおぼつかない。

デイヴィッド・バーチ（米国の経営学者）

The first rule (of entrepreneurship) has to be that you do something you really love—you can't make it otherwise.
<David Birch>

◆ バーチは、小さな会社を経営する起業家に注目した最初の経営学者だった。1970年当時のアメリカでは、ビッグ・ビジネスばかりがもてはやされ、小さな企業に目を向ける学者はいなかった。
◆ しかし、どんなに大きな会社も、最初はスモール・ビジネスから出発したのであり、本当に自分の仕事を愛し、生きがいを感じる起業家が、のちの大企業を育て上げたことにバーチは着目した。

いちばん好きなことを見つけ、君がそれをするのにお金を払ってくれる人を探すことだ。

キャサリン・ホワイトホーン（英国のジャーナリスト　1928−　）

Find out what you like doing best and get someone to pay you for doing it.
<Katherine Whitehorn>

◆これは、会社勤めでも可能だ。どうしてもやりたい仕事をやって、その上お金をもらえれば、これほど楽しいことはない。
◆普通、趣味は儲からないものと決まっているが、趣味がそのまま仕事になれば、好きなことをやってお金が入る天国のような状態になる。入りたい会社よりも、やりたい仕事を見つけるのが先決だ。

やっていることが楽しいなら、それはもはや仕事ではない。

スティーヴ・シアーズ(1941-96)

It's not work, if you love what you're doing.

<Steve Sears>

◆ 単純だが、味わうべき名句である。やっていることが苦しいから「仕事（苦役）」になる。逆に、やっていることが楽しければ、もう好きでやっている趣味と変わらない。
◆ 皮肉なことに、趣味ともなれば、どんなに骨の折れる作業でもいやでなくなる。むしろ、嬉々として骨を折ろうとするのである。

何が何でも自分の仕事を楽しんでやろうと思うことだ。

ゲリー・シコルスキー（米国の下院議員　1948－）

Be absolutely determined to enjoy what you do.
<Gerry Sikorski>

◆仕事は苦しいもの、辛いものと思わず、「楽しむ」という境地になることが大事。
◆これに関連して、私のモットーは、「今いる場所で、自分の持っているもので楽しもう」(Enjoy where you are and what you have.)である。

仕事は娯楽より楽しい。

ノエル・カワード〈英国の劇作家、俳優　1899-1973〉

Work is more fun than fun.

<Noel Coward>

◆ ノエル・カワードは俳優でありながら、さまざまな舞台、映画などの脚本も手がけるなど、マルチな才能を発揮した人物。喜劇の名作『私生活』は、行方昭夫著『実践 英文快読術』の中に収められている。

仕事が楽しみなら、人生は楽園だ。
仕事が義務なら、人生は苦役だ。

マクシム・ゴーリキー（ロシアの小説家・劇作家　1868 - 1936）

When work is a pleasure, life is a joy.
When work is a duty, life is slavery.

<Maksim Gorky>

◆社会小説、社会劇で有名なロシアの作家、ゴーリキーの言葉。
◆戯曲『どん底』、小説『母』で知られる。共に暗い内容だが、これらを楽しみながら書いたとすれば驚きだ。
◆晩年は、スターリンの粛清のため自宅に軟禁され、謎の死を遂げた。

幸運は汗の賜物。
汗をかけばかくほど、幸運は得られる。

レイ・クロック（米国の実業家・マクドナルド社創業者　1902-1984）

Luck is a dividend of sweat.
The more you sweat, the luckier you get.

<Ray Kroc>

◆ 今や世界中に店舗があるファストフードの草分け的存在、マクドナルド。もともとレイ・クロックがカリフォルニア州にあるマクドナルド兄弟経営のハンバーガーレストランの、機械を使いつつも品質を落とさない手腕に感銘を受け、フランチャイズ1号店を1995年にオープンしたことでチェーン展開をスタートした。

14歳の子供に自分がどんな仕事をしているか説明できないようなやつは、みなペテン師だ。

ウィリアム・ボイド（英国の小説家　1952－）

働くことについて　145

Anyone who can't explain his work to a fourteen-year-old is a charlatan.

<William Boyd>

◆「お父さんの仕事は複雑すぎてお前にはわからんよ」などと子供に言う父親は、ぜひこの名句を噛みしめてほしい。
◆私は47歳のときに会社を辞めて物書きになったが、いちばん嬉しかったのは子供との距離が格段に縮まったことだった。

成功は困った教師である。賢い人間をだまして、失敗するわけないと思わせてしまう。

ビル・ゲイツ（マイクロソフト社創業者　1955-）

Success is a lousy teacher. It seduces smart people into thinking they can't lose.

<Bill Gates>

◆ ユニクロの創業者、柳井正は「1勝9敗」と言う。10回に1回成功すればいいのだと。たった1回の成功に酔い、常勝できると思い込むなら、成功も仇となる。

個人であれ、企業であれ、成功したと思えばそこで進歩は止まる。

トマス・J・ワトソン(IBM 初代社長　1874-1956)

Whenever an individual or a business decides that success has been attained, progress stops.
<Thomas J. Watson Sr.>

◆これは、IBM 初代社長の言葉であり、同じくパーソナルコンピュータの歴史において大きな影響を与えた右ページのビル・ゲイツと同じような考えを持っていたのは興味深い。
◆ワトソンには次の言葉も。「成功するためには、ビジネスに心を置き、心にビジネスを置きなさい」。

人は自分の犯した失敗から学ぶ。
成功から学ぶことはめったにない。

ハロルド・ジニーン(米国の事業家　1910-97)

People learn from their failures.
Seldom do they learn anything from success.
<Harold Geneen>

◆ 米国の雑誌王、マルコム・フォーブスもこう言っている。「失敗は成功である。もしもそこから学ぶのであれば」(Failure is success if we learn from it.)。
◆ 成功の美酒が慢心を生む一方、失敗の苦杯は次なる成功へのステップになりうる。

> ほかの人に一生懸命サービスする人が、最も利益を得る人だ。

カーネル・サンダース
(米国の実業家・ケンタッキー・フライドチキン創業者　1890-1980)

People who give their utmost in serving others are those who gain the biggest profit.

\<Colonel Sanders\>

◆ 本名はハーランド・デーヴィッド・サンダース。「カーネル」はケンタッキー州に貢献した人に与えられる名誉称号である。
◆ 利益のことを考えるより先にサービスすることを考えよ、というアドバイス。サンダースは早くに父を亡くしたため、幼少から母親を助け、多くの職業を経験しつつ、独学で経営のノウハウを学んだ。

仕事(work)より成功(success)が先に来るのは、辞書の中だけだ。

ヴィダル・サッスーン（英国のヘア・デザイナー　1928‐2012）

---◇◇◇---

The only place where success comes before work is in a dictionary.

<Vidal Sassoon>

◆ アルファベットをからめた名句には、こういうものもある。「ビジネスという言葉の中で、U の字（= you）は I よりも先に来る」(In the word business, the letter U comes before the letter I.)。つまり、自分よりも他人を優先して考えよ、というなかなかの名言である。

忙しいだけでは不十分だ。アリだって忙しい。
問題は、何をしていて忙しいかということだ。

ヘンリー・デイヴィッド・ソロー（米国の作家・思想家・詩人　1817-62）

It is not enough to be busy; so are the ants.
The question is: What are we busy about ?
<Henry David Thoreau>

◆ 私は面白いことに気がついた。いつも毎月の締め切りを3日過ぎて終わらせる人と、締め切りの3日前に終わらせる人は、結局は同じ1か月で仕事をしていることになる。
◆ しかし、一方は常に締め切りに追われ、もう一方は逆に締め切りを追うくらいの余裕で仕事をしている。どうせ仕事をするなら、余裕をもってスマートにやりたいものである。

多くのことをするてっとり早い方法は、一度にひとつずつ片づけることだ。

サミュエル・スマイルズ（英国の著述家　1812-1904）

The shortest way to do many things is to do one thing at a time.

<Samuel Smiles>

◆この句を読んで、こんなエピソードを思い出した。あるアメリカの主婦が、台所の蛇口から1滴ずつ落ちる水滴を見て、人生は一瞬一瞬生きればよいのだ、と悟ったという話だ。一度にふたつのことをやろうとすると、必ず注意が散漫になり、どちらも中途半端になってしまう。

何事も小さな仕事に分ければ、とりたて難しいことではなくなる。

ヘンリー・フォード（米国の事業家　1863-1947）

Nothing is particularly hard if you divide it into small jobs.
<Henry Ford>

◆ 大きな仕事も小さく分割し、なおかつ、やさしいところから手をつけるとよい。やさしい仕事は簡単に片づくので、どんどん弾みがつく。
◆ 20%の時間で80%のやさしい仕事を終えるほうが、80%の時間をかけて難しい仕事を20%しか終えていないより、はるかに気分がいいものだ。

ビジネスの秘訣は、誰も知らないことを知っていることである。

アリストテレス・オナシス（ギリシャの海運王　1900-75）

The secret of business is to know something that nobody else knows.

<Aristoteles Onassis>

◆「誰が何を知っているか」を知っているのも大きな武器になる。前ページに登場したヘンリー・フォードは無学ではあったが、どんな質問に対しても、電話ひとつで答えることができたという。「誰に聞けば答えられるか」を知っていたからだ。

ビジネスの目的は、顧客を作ることである。

ピーター・F・ドラッカー（米国の著述家 1909-2005）

働くことについて

The purpose of business is to create a customer.
<Peter F. Drucker>

◆顧客は待っているのではない、自分で作るものなのだ、という鋭い一句。シンプルながらビジネスの真髄を突いた有名な言葉である。
◆「マネジメントの父」と言われ、創出した経営理念や用語は数えきれない。日本でも著書『マネジメント』がベストセラーとなり、一躍ドラッカーブームが巻き起こった。

成功の99パーセントは、以前の失敗の上に築かれる。

チャールズ・F・ケッタリング（米国の発明家　1876-1958）

Ninety-nine percent of success is built on former failure.
<Chales F. Kettering>

◆ エジソンは、電球を発明するまでに、いろいろな素材を試して、実に1万回も失敗を繰り返したという。あるとき、そのことを問われると、エジソンはこう答えたという。「失敗ではありません。うまくいかない方法を1万通り発見しただけですよ」と。

創造力について

私は気分が乗ってくるのを待ったりしない。
そんなことをしていたら何も仕上がらない。
「とにかく着手する」ということを知るべきである。

パール・S・バック（米国の作家　1892-1973）

I don't wait for moods. You accomplish nothing if you do that. Your mind must know it has got to get down to work.
<Pearl S. Buck>

◆ パール・バックは30代に書いた大作『大地』により、1938年のノーベル文学賞に輝いている。
◆ 作家は、毎日「どうやって着手するか」に腐心する。ある作家は、無心に鉛筆の芯を削っていると、精神集中できて、執筆意欲が湧いてくる、と語っている。

存在するものを見て「なぜなのか？」と考えるのが普通だが、私はいまだ存在しないものを夢見て、「なぜそうでないのか？」と考える。

ジョージ・バーナード・ショー（英国の劇作家　1856-1950）

You see things and you say, "Why ?"
But I dream things that never were and say "Why not ?"
　　　　　　　　　　　　　　　　　<George Bernard Shaw>

◆ 劇作家はあり得ないシチュエーションも自由に発想し、舞台の上で現実化しなくてはならない。バーナード・ショーが発想の秘密を漏らした文章がこれ。
◆ 彼が1913年に発表した喜劇『ピグマリオン』は、43年後にミュージカル『マイ・フェア・レディ』として見事に復活し、さらにその8年後に映画化され、大ヒットを記録した。

夢見ることができれば、それを実現することができる。

ウォルト・ディズニー（米国の映画製作者　1901-66）

If you can dream it, you can do it.

<Walt Disney>

◆ ディズニーは情熱と信念の人だった。彼はディズニーランドが開園したときに、次のように述べている。「あそこにはあるんだよ。想像力、そして幸福で胸がドキドキする感じが。僕が子供の頃から持っていたものさ」（『夢をかなえる100の言葉』より）。
◆ 彼は、夢を実現する秘訣は、とにかく「自分でやってみること」というのが信念だった。

何が見えるかは、
その人間がどこに位置しているかによる。

ジェームズ・R・シュレジンガー（米国の政治家　1929-2014）

What one sees depends upon where one sits.
<James R. Schlesinger>

◆ 高所で見えるものも、低所で見えるものも、見え方は違うが、どちらも真実である。高所で見えるものだけをことさらに尊重してはならない。

「ビジョン」とは見えないものを見る術である。

ジョナサン・スウィフト〈英国の作家　1667-1745〉

Vision is the art of seeing things invisible.
<Jonathan Swift>

◆ ビジョンに関して、シンシナティ大学学長のウォーレン・G・ベニスは、こう述べている。「リーダーシップとは、ビジョンを現実に翻訳できる能力である」(Leadership is the capacity to translate vision into reality.)。翻訳するためには、見えないものを明確に見る必要がある。

想像力は知識より大事だ。
知識は有限だが、想像力は無限に世界を駆け巡る。

アルバート・アインシュタイン（ドイツ生まれの物理学者　1879-1955）

― 創造力について ―

Imagination is more important than knowledge. Knowledge is limited. Imagination encircles the world.

<Albert Einstein>

◆ 20世紀最大の物理学者であるアインシュタインは、たくさんの名句を残している。
◆ 知識は世界の中に限定されているが、想像力は世界を一瞬で飛び越えることが可能である。

想像力は知識という土台の上に作られる。

エリザベス・スチュワート・フェルプス（米国の小説家　1844-1911）

Imagination is built upon knowledge.
<Elizabeth Stuwart Phelps>

◆ ボストン生まれの女流文学者、スチュワート・フェルプスの『ある人生の断章』より。
◆ 知力を尽くしたあとに放下(ほうげ)すると、卓抜した着想が得られるものである。しかし、知識という土台がないと、人は容易に高みに昇れない。

成功の秘訣はすべて、失敗にある。
間違いは創造性を育む。

カール・P・ワージー（米国のコンサルタント　1947-）

All the secrets to success are found in failure.
Mistakes promote creativity.

<Carl Pace Worthy>

◆このあと、「偉大なる発見の多くは、幸運なアクシデントの賜物である」と続く。
◆実験の失敗から思わぬ大発見をするケースもある。ひとつの目的だけに縛られない柔軟な発想が、失敗の中にも成功の種を見出すのである。

創造性は、結果を恐れない勇気を持つことから生まれる。

エーリッヒ・フロム（ドイツ生まれの心理学者　1900-80）

Creativity requires the courage to let go of certainties.
<Erich Fromm>

◆ 私も150冊書いている作家だが、「いい本を書こう、売れる本を書こう！」などと思って書いているわけではない。「今日、何を書くかわからない！」くらいの自分に対する好奇心が、思ってもみなかった着想を生み出す原動力になるようだ。
◆ フロムはユダヤ系のドイツ人。1933年にアメリカに亡命し、40年に帰化。その直後に刊行した『自由からの逃走』が有名。

想像力がなければ、怖いものもない。

アーサー・コナン・ドイル（英国の作家　1859-1930）

― 創造力について ―

Where there is no imagination, there is no horror.
<Arthur Conan Doyle>

◆ シャーロック・ホームズの生みの親としても名高いコナン・ドイル。エディンバラ大学で医学を学び、開業医となったものの経営不振に陥ったため作家に転身したという異色の経歴の持ち主。
◆ あれこれ想像することが恐怖心を生むという、鋭い一句。

単純なことを複雑にするのは普通のこと。複雑なものを単純に、ものすごく単純にする、それが創造性というものだ。

チャールズ・ミンガス（米国のジャズ演奏家　1922-79）

Making the simple complicated is commonplace; making the complicated simple, awesomely simple, that's creativity.
<Charles Mingus>

◆ ルイ・アームストロングのバンドでの活動や、ジャズ・ベーシストとしてチャーリー・パーカーなどと共演したことで知られるミンガス。作曲家、編曲家としても活躍した。
◆ 晩年は筋萎縮性側索硬化症で車椅子生活となったが、その死の直前まで作曲・編曲活動を精力的に続けていたという。

発見の最大の障害は無知ではない。
知っていると勘違いすることである。

ダニエル・J・ボースティン（米国の歴史学者　1914-2004）

The greatest obstacle to discovery is not ignorance—it is the illusion of knowledge.

<Daniel J. Boorstin>

◆ サイモン・シネックのベストセラーに『WHYからはじめよ！』という本がある。しかし、私はむしろ『WHATからはじめよ！』と言いたい。
◆ たとえば、「生命って何だろう？」という問いを立てるのは、よくよく考えると「生命とは何か？」という疑問に何ひとつ答えられないことへの気づきが出発点となっている。

よいアイデアを生み出す最良の方法は、
たくさんのアイデアを持つことだ。

ライナス・ポーリング(米国の物理化学者　1901-94)

The best way to have a good idea is to have a lot of ideas.
<Linus Pauling>

◆ たくさんのアイデアを持てば、その中から選ぶことができる。この「選ぶ」というステップが、とても重要である。
◆ 話は飛ぶが、intelligence（知能）という言葉は、語源的には、intel（間で）legere（選ぶ）ence（状態）、つまり「たくさんの情報の中で自由に選べる状態」を言う。知性の本質は「自由選択」にある、というわけ。そのためにも、アイデアはたくさんあったほうがいい。

何を思いつきたいか定かでないときのほうが、得がたいアイデアをひらめくチャンスは多いものである。

アルフレッド・N・ホワイトヘッド〈英国の哲学者　1861‐1947〉

― 創造力について ―

There is always more chance of hitting upon something valuable when you aren't too sure what you want to hit upon.
<Alfred N. Whitehead>

◆「何を思いつきたいか知っている」というのは、実はすでに半ばそれを思いついた状態だ。そんな状態では、自分がびっくりするような斬新な発見はできない、というのだ。言われてみれば「なるほど」の名句。

独創性とは、自分のネタを隠す術である。

フランクリン・P・ジョーンズ（米国の実業家　1887-1929）

Originality is the art of concealing your source.
<Franklin P. Jones>

◆ネタがばれてしまうと、独創性の価値が失われてしまう、というのである。
◆この句に関連して、ローレンス・J・ピーターが、こんなうまいことを言っている。「独創性とは、何を聞いたかはしっかりと記憶し、どこで聞いたかは忘れてしまう妙術である」。

かけがえのない人間になるためには、常に他人と違っていなくてはならない。

ココ・シャネル（フランスのデザイナー　1883-1971）

— 創造力について —

In order to be irreplaceable one must always be different.
<Coco Chanel>

◆トップブランド「シャネル」の創始者、ココ・シャネルの名言。ジャージー素材を使ったドレスや襟なしのシャネル・スーツは、現在でも人気のデザインだ。

規範から外れることなくして、進歩などありえない。

フランク・ザッパ（米国のミュージシャン　1940-93）

Without deviation from the norm, progress is not possible.
<Frank Zappa>

◆ 1940年、メリーランド州に生まれたザッパ。ギタリストとして名高いだけでなく、その音楽性はロック、ジャズ、現代音楽などさまざまなジャンルを網羅し、生涯で60枚を越えるアルバムを発表した。「帝王」の通称で知られるザッパの、気概と自負を感じさせる。

時間について

> 未来を予測するいちばん確実な方法は、現在をとことん理解することだ。

ジョン・ネイスビット（米国のトレンド分析家　1929-2021）

The most reliable way to anticipate the future is by understanding the present.

<John Naisbitt>

- ネイスビットは日本でも『メガトレンド』の大ヒットで有名。その後、中国の天津に移住し、中国研究所の所長を務め、2009年に中国のメガトレンドを著した。
- 未来の予測は現在の理解から生まれるという考えが、「トレンド」という言葉に注目したことによく表れている。

未来を予測する最良の方法は、
未来を創り出すことである。

アラン・ケイ（米国の計算機科学者・アップルコンピュータのリサーチ部長　1940-）

The best way to predict the future is to create it.
<Alan Kay>

◆ いかにも現代のIT企業のトップランナー、アラン・ケイらしい気概と自信にあふれた言葉だ。ゼロックスのパロアルト研究所の創設に加わり10年関わったあと、1984年から1997年までアップルコンピュータのフェローとして活躍した。

どんな人も、自らの未来の建築家である。

サルスティウス（ローマの歴史家　前86‐35？）

Every man is the architect of his own future.
<Sallustius>

- 『カティリナ戦記』『ユグルタ戦記』といった歴史書の作者、サルスティウスの名言。著書『歴史』は、後世のタキトゥスに大きな影響を及ぼした。
- いくら「未来の建築家」と書いたとはいえ、2000年後に日本の書物に載るとは思いもよらなかっただろう。

未来に関してはっきりわかっているのは、「現在とは違うだろう」ということだけだ。

ピーター・F・ドラッカー（米国の著述家　1909-2005）

The only thing we know about the future is that it is going to be different.

<Peter F. Drucker>

◆ドラッカーの言葉をもうひとつプレゼント。「未来を築くためにまずはじめになすべきは、明日何をなすべきかを決めることでなく、明日をつくるために今日何をなすべきかを決めることである」。人生とは、ひとことで言えば「今日づくり」なのだ。

私は過去の歴史よりも未来の夢を好む。

トマス・ジェファソン〈米国の政治家　1743-1826〉

I like the dreams of the future better than the history of the past.
<Thomas Jefferson>

◆これは、米国第3代大統領、トマス・ジェファソンがのちに第6代大統領となったジョン・クインシー・アダムズに書き送った手紙の中の一節。いかにもアメリカ建国の時代にふさわしい名文句である。

歴史とは、ひょっとしたら避けられたかもしれない事柄の集積である。

コンラート・アデナウアー（ドイツの政治家　1876-1967）

History is the sum total of the things that could have been avoided.

<Konrad Adenauer>

◆ のちに西ドイツの首相を務めたアデナウアーは、ケルン市長時代に、ナチス政権による追放・投獄を繰り返し受けた。このことを思い合わせると、この句はいっそう重みを増す。
◆ 同時に、「歴史はいかにしても避けられなかった事柄の集積」とも言える。

歴史は、われわれがこれから犯すであろう過ちについて教えてくれる。

ローレンス・J・ピーター（カナダ生まれの教育学者　1919-90）

History teaches us the mistakes we are going to make.
<Laurence J. Peter>

◆この名句に関連して、米国のジャーナリスト、ノーマン・カズンズは、こんなふうに表現している。「歴史とは、巨大な早期警報装置である」(History is a vast early warning system.)。そうかもしれないが、警告なしにいきなり本番という事態も多いように感じる。

昨日しておけばよかったと思うことは
山ほどあるのに、
今日しておこうと思うことは見つからないものだ。

ミニヨン・マクローリン（米国のジャーナリスト　1913-83）

There are so many things that we wish we had done yesterday, so few that we feel like doing today.
<Mignon McLaughlin>

◆ 昨日しておけばよかったと思うなら今日やればいいのだが、なかなか腰が重くてできない、というのだ。心は常に重い体を引きずって生きている。

時は、いつも荷物をまとめて去っていくサーカスである。

ベン・ヘクト（米国の作家　1894-1964）

Time is a circus always packing up and moving away.
　　　　　　　　　　　　　　　　　　<Ben Hecht>

◆ サーカス団のように時が去ったあとに残した忘れ物が、人間の追憶となる。
◆ ベン・ヘクトにはシャレたタイトルの作品が多く、『シカゴの1001の午後』『ニューヨークの1001の夜』もその一例。

時間は岸のない川である。

マルク・シャガール（ロシア生まれの画家　1887-1985）

― 時間について ―

Time is a River without Banks.

<Marc Chagall>

◆ 画家、マルク・シャガールによる珠玉の名句（絵画のタイトル）。時間とは、岸のない川の果てしない流れである。そして、時の流れが緩慢に見えるのは、どちらを向いても岸が見えないからである。

人類永遠の課題は、起きている時間をどのように構成するかだ。

エリック・バーン(米国の精神病理学者 1910-70)

The eternal problem of the human being is how to structure his waking hours.

<Eric Berne>

◆「起きている時間」といえば、こんなアメリカン・ジョークがあった。「彼は8時間働き、8時間睡眠をとっているが、クビになった。なぜって、両方が同じ8時間だったからだ」。つまり、8時間の勤務時間をそっくり睡眠にあてていた、という笑えるジョーク。

現代人は急いで何かをしないと、何か、すなわち時間を損したような気になる。しかし、浮かせた時間をどう使っていいかはわからないのだ。時間をつぶす以外のやり方で。

エーリッヒ・フロム（ドイツ生まれの精神分析学者　1900-80）

Modern man thinks he loses something—time—when he does not do things quickly. Yet he does not know what to do with the time he gains—except kill it.

<Erich Fromm>

◆ 人生は「制限時間何分」という早足競争ではないのだが、なぜか誰もが早足で生き急いでいる。

人は時間をつぶすと言っている間に、知らぬ間に時間につぶされてしまう。

ディオン・ブウシコー（アイルランドの俳優・劇作家　1820-90）

Men talk of killing time, while time quietly kills them.
　　　　　　　　　　　　　　　　　　　　　　　<Dion Boucicault>

◆ 何をするでもなく時間をつぶしていると、人間がダメになってしまう、という忠告。
◆ 人生の持ち時間について、こんな名句もある。「人生を愛することは時間を愛することだ。人生は時間から成り立っているのだから」(To love life is to love time. Time is the stuff life is made of.)。言ったのは、かのベンジャミン・フランクリンである。

明日と昨日はスケジュール満杯でも、今日だけはあけておくのが私の流儀だ。

ルイス・キャロル（英国の数学者・童話作家　1832-98）

The rule is, jam tomorrow and jam yesterday—but never jam today.

<Lewis Carroll>

◆どんなに忙しくても、それを感じない「鈍感力」のようなものが、クリエイターには必要である。どうせヒマなときなど来ないのだから、頭の中だけでもヒマにしないと、創作などいつまでたってもできるものではない。
◆ルイス・キャロルは『不思議の国のアリス』の著者。

― 時間について ―

人生は常に1回きりのプロセスだ。
それゆえ、未来は過去の反復ではあり得ない。

ウォルター・リップマン（米国のジャーナリスト　1889-1974）

Life is an irreversible process and for that reason its future can never be a repetition of the past.
<Walter Lippmann>

◆ クリエイティブな人は、未来の予定をきっちり組みすぎることに警戒する。たとえば、作曲家が「明日、こんな曲を作曲しよう」などと考えるはずはない。曲想は突然天から舞い降りて来る。
◆ 極論すれば、予定を立てることは、自分で自分の未来をがんじがらめに縛ってしまうことだ。

知識と教養について

知性を高める唯一の方法は、何事も決めつけないこと。すなわち、あらゆる思想に対して心を広くすることである。

ジョン・キーツ（英国の詩人　1795-1821）

The only means of strengthening one's intellect is to make up one's mind about nothing—to let the mind be a thoroughfare for all thoughts.

<John Keats>

◆ 私の親友の英国人作家、クリストファー・ベルトンさんは、「遊び心」という言葉をこんなふうに英訳していた。すなわち、be open to everything（すべてに対して開かれていること）。
◆ 同じように、知性を高めるには、どんな思想に対しても先入観を持たず、心を広くすべきだとキーツは言うのである。

考えるだけでは不十分だ。
何かを考えなさい。

ジュール・ルナール（フランスの小説家 1864-1910）

― 知識と教養について ―

To think is not enough: you must think of something.
<Jules Renard>

◆ 小説『にんじん』で知られるルナールの名句。小説では簡素で日常的な言葉を使いつつ、鋭い観察力を持っていた彼らしい言葉だ。
◆ 「ただ今考え中」を怠惰の言い訳にしてはならない。

3週間考えてもわからなければ、気にしないほうがいい。

スティーヴン・ギルバート（米国の実業家・ケミカル・ベンチャーズ共同経営者）

If we can't figure something out in three weeks, we probably shouldn't bother.

<Steven Gilbert>

◆ 3週間考えてわからない場合、もはや何を考えているかすらわからなくなる。思考は念仏とは違う。

理解するということは、知識を捨て去ることである。

ティク・ナット・ハン〈ベトナム出身の禅僧　1926-2022〉

― 知識と教養について ―

Understanding means to throw away your knowledge.
<Thich Nhat Hanh>

◆ 1966年に訪米したのち、ベトナムに帰国不能となり、パリに拠点をおいて活動を続けたティク・ナット・ハンの言葉。マーティン・ルーサー・キング牧師によって、ノーベル平和賞に推挙されたことでも知られる。

ある時代に生まれた哲学は、次の時代の常識となる。

ヘンリー・ウォード・ビーチャー（米国の牧師　1813-87）

The philosophy of one century is the common sense of the next.

<Henry Ward Beecher>

◆ どんなに突飛な考えでも、次の時代には、それが常識になっていないとも限らない。
◆ 英国の詩人、オリヴァー・ゴールドスミスは、こう言っている。「古来、哲学者の誰かが言っていないほど荒唐無稽な考えはひとつもない！」。
つまり、どんな荒唐無稽なことも、どこかの哲学者がすでに言っている、というのである。

今日の科学は明日の技術となる。

エドワード・テラー（米国の物理学者　1908-2003）

The science of today is the technology of tomorrow.
<Edward Teller>

◆ 科学については、こんな名言もある。「科学とは単純化の芸術である」(Science is the art of simplification.)。言ったのは私である。
◆ 実験と観察によって見出された科学的真理は、次の時代には技術化され、製品化されて、あっという間に世の中に普及する。

いかなる人の知識も、その人の経験を超えるものではない。

ジョン・ロック（英国の哲学者・政治家　1632-1704）

No man's knowledge here can go beyond his experience.
<John Locke>

◆ ロックはイギリス経験論の中心人物。主著『人間知性論』で経験論的認識論を体系化した。また、『統治二論』では国家の成立を社会契約に求める契約論を展開した。
◆ 知識はいくらでも本から吸収できるが、自分の経験というフィルターを通さない知識は決して身につかない。

教えるべきなのは知識ではなく、知識を得る方法である。

トマス・アーノルド（英国の教育者 1795-1842）

― 知識と教養について ―

It is not knowledge, but the means of gaining knowledge which I have to teach.

<Thomas Arnold>

◆ アーノルドはラグビー発祥の地として有名な英国のパブリック・スクール、ラグビー校の校長。教育の刷新に力を尽くした。
◆ 魚を与えるより魚の釣り方を教えるほうが、益は大きいと言われる。

本はすべて2種類に分かれる。束の間の本と一生モノの本に。

ジョン・ラスキン（英国の批評家　1818-1900）

All books are divisible into two classes: the books of the hour, and the books of all time.

<John Ruskin>

◆ 英文に忠実に訳すと、「一時の本とすべての時間に応用可能な本」ということになるだろう。
◆ 日本では今、年間に6万5千冊の本が出版されている。しかし、その中から、将来「古典」となる本はどれくらいあるだろう。おそらく0.01％もないだろう。なぜなら、0.01％ということは、年間6冊は古典になるという計算だからだ。

人は私の作品について論議し、まるで理解する必要があるかのように理解したふりをする。私の作品はただ愛するだけでよいのに。

クロード・モネ（フランスの画家　1840-1926）

People discuss my art and pretend to understand as if it were necessary to understand, when it's simply necessary to love.
<Claude Monet>

◆「光の画家」の別称を持つ、印象派を代表する巨匠。彼の代表的作品『睡蓮』の連作は自宅の庭にある池がモチーフになっており、生涯の中で200点以上を制作した。
◆これは、美術作品だけでなく、音楽にも言えることだろう。

本書は2016年1月に小社より刊行された『こころ湧き立つ英語の名言』(B6判)をもとに加筆・修正し、再構成したものです。

本文デザイン／青木佐和子

青春新書
PLAYBOOKS

人生を自由自在に活動（プレイ）する

人生の活動源として

いま要求される新しい気運は、最も現実的な生々しい時代に吐息する大衆の活力と活動源である。

文明はすべてを合理化し、自主的精神はますます衰退に瀕し、自由は奪われようとしている今日、プレイブックスに課せられた役割と必要は広く新鮮な願いとなろう。

いわゆる知識人にもとめる書物は数多く窺うまでもない。

本刊行は、在来の観念類型を打破し、謂わば現代生活の機能に即する潤滑油として、逞しい生命を吹込もうとするものである。

われわれの現状は、埃りと騒音に紛れ、雑踏に苛まれ、あくせく追われる仕事に、日々の不安は健全な精神生活を妨げる圧迫感となり、まさに現実はストレス症状を呈している。

プレイブックスは、それらすべてのうっ積を吹きとばし、自由闊達な活動力を培養し、勇気と自信を生みだす最も楽しいシリーズたらんことを、われわれは鋭意貫かんとするものである。

——創始者のことば——　小澤和一

著者紹介

晴山陽一〈はれやま　よういち〉

1950年東京都出身。早稲田大学文学部哲学科卒業後、出版社に入り、英語教材編集、経済雑誌の創刊、多数の書籍刊行、ソフト開発などに従事。1997年に独立し、精力的に執筆を続けている。著書は150冊を超えており、日本の英語教育改革に尽力している。著書に『〈最新版〉たった100単語の英会話』『「中学英語」を学び直すイラスト教科書』(小社)、『英単語速習術』(ちくま新書)、『すごい言葉』(文春新書)などがある。
2018年に株式会社晴山書店を設立。

世界中から集めた人生の名言

2024年12月25日　第1刷

著　者　晴山陽一

発行者　小澤源太郎

責任編集　株式会社プライム涌光

電話　編集部　03(3203)2850

発行所　東京都新宿区若松町12番1号　〒162-0056　株式会社青春出版社

電話　営業部　03(3207)1916　振替番号　00190-7-98602

印刷・三松堂　　製本・フォーネット社

ISBN978-4-413-21220-5

©Hareyama Yoichi 2024 Printed in Japan

本書の内容の一部あるいは全部を無断で複写(コピー)することは著作権法上認められている場合を除き、禁じられています。

万一、落丁、乱丁がありました節は、お取りかえします。

人生を自由自在に活動する——プレイブックス

「シンプル」な選択が自律神経を整える理由

小林弘幸

何を選び、何を捨てるか——たった1%の「迷い」があるだけで、自律神経は乱れる

P-1204

「老けない人」の習慣、ぜんぶ集めました。

ホームライフ取材班[編]

見た目も体も若々しい人は「何を」やっているのか?

P-1205

ダイエットしたい人のやせるキッチン

森由香子

理想の体型はキッチンを変えるだけでよかった

P-1206

「やせてる人」の習慣、ぜんぶ集めました。

工藤孝文[監修]
ホームライフ取材班[編]

食べてるのに太らない人の秘密とは?

P-1207

お願い ページわりの関係からここでは一部の既刊本しか掲載してありません。折り込みの出版案内もご参考にご覧ください。

青春新書 PLAYBOOKS

人生を自由自在に活動する——プレイブックス

押してはいけない妻のスイッチ

石原壮一郎

そのひと言でわが家は天国にも地獄にもなる！　夫婦生活を円満にする「夫」の参考書

P-1208

「長生きする人」の習慣、ぜんぶ集めました。

工藤孝文[監修]
ホームライフ取材班[編]

メンタル・睡眠・ボディケア・食事・運動・趣味・入浴——「健康長寿」をのばす秘訣をギュッと濃縮

P-1209

特殊詐欺から大地震、転倒までシニアが陥る50の危険

㈱三菱総合研究所
奈良由美子[監修]

この「備え」が無用なトラブルを遠ざける。リスクが高まるシニアのための安全・安心マニュアル！

P-1210

70歳からは「転んでも折れない骨」をつくりなさい

中村幸男

健康寿命を延ばすカギは「骨」にあった！

P-1211

お願い　ページわりの関係からここでは一部の既刊本しか掲載してありません。折り込みの出版案内もご参考にご覧ください。

青春新書 PLAYBOOKS

人生を自由自在に活動する──プレイブックス

「ボケない人」の習慣、ぜんぶ集めました。

工藤孝文[監修]
ホームライフ取材班[編]

物忘れや認知症、どうすればならないの？
今日から始めたいコトばかり！

P-1212

辞書には載ってない⁉ 日本語

髙村史司

隠語、業界用語、洒落言葉…
つい人に話したくなる！
言葉の意味と由来の数々

P-1213

人生を変えるすごい出会いの法則

植西 聰

どんよりしていた人生から
たった一歩で
ワクワクの日々へ！

P-1214

「疲れない人」の習慣、ぜんぶ集めました。

工藤孝文[監修]
ホームライフ取材班[編]

すぐに疲れる…
疲れが取れない…
疲れていてもできるコトばかり！

P-1215

お願い ページわりの関係からここでは一部の既刊本しか掲載してありません。折り込みの出版案内もご参考にご覧ください。